生きる秘密

浜田優

思潮社

生きる秘密

浜田優

生きる秘密　目次

装幀＝伊勢功治

生きる秘密

約束

あまりにもはやくいってしまったから
いたむ夏には一点の染みもなく
視界は光の海に灼かれ
炎天の真下、しんしんと痺れる脳髄で私は自問する
私がおまえに託すはずだった新生への希望は
この夏の日ざかりのようにじゅうぶん白かったか
それから薄い楕円になって揺れる木蔭にいて
聞こえる、聞こえてくる

いっしんに青葉を食む幼虫のさざ波は曲がった勾玉の笛
蛹になったら、あさぎ色の産着にくるまれて
かたく身を尖らせて眠るふいごの息、ああ
まだ翔べないのに
おまえはどこへいったのか

不帰行

ごらん、凍りついた
睫毛を透かして
ささやいている、
顎をわずかに反らして

足もとから頭上へ
雪稜が空を切り裂き
その、白い背鰭の端が、瞼の

へりに溜まった青に、交わるところ
あと、ほんの、数歩で、
ぼくらがたどりつく
あの頂きに
すでにたどりついたぼくらが
二本の黒い石柱になって
きらめく雲母をちりばめ、
揺れている
眠るように

頂きのむこうへ
沈んでいった太陽のかわりに
あそこで、二本の石柱になったぼくらが、
うねる背鰭に押されて
いまにも倒れそうな、空の庇を

支えている、揺れながら
せめて、ぼくらがあの石柱を抱きしめるまでは
空が、煮えたぎった青を漏らして
この白い背鰭を、汚さないように

振り返ってごらん
雪稜のうえを、まっすぐに
ぼくらがたどってきたトレースが
麓まで、ころげ落ちているね
谷のほうから、急速に闇が這いのぼって
今朝ぼくらがあとにした青いテントも
もう見分けられない
昏れてしまったんだ、もう
あんなにも穏やかに
今朝、あそこに、

とても大切なものを、ぼくらは
忘れてきてしまって
それがいったい、何だったのか
まだ思い出せないのに

無人の星

花咲く腕が
ひとつの球体をつつむ
暮れかたの光は
白い裸体にもやさしい
うすく血を透かして
空へふくらむさざ波は
珊瑚の息づくまぶしい海の
入り江へつづいている

この空の彼方に　いまも
満開の桜のざわめく星がある
地平線から沈まない夕日が
岩礁のへりを赤く染めて
けっして散らない桜の群れが
銀河からの風を研いでいる
そんな無人の星

霧の中の夜営

到来しない時の響き
鼓膜を乾いたバーナー音が走りぬけ
消化器には不眠の鮫の伸縮する歯
霧の集まる半島の断崖で
時は進退きわまり坐礁した
未明に燃えさかる環状線の上空になお
日付変更線を逆行してきた市街区が
三角形の虹になって黒煙と霧を七色に織る

私は遅れて到着し
東に向いた傾斜地で夜営する
鎖骨が折れるほど踏みつけられた押し花に
雨水を含ませるのが私の仕事
未明の死者よ両足を高く挙げよ
肛門を見せろ
最初で最後の翼を拡げた孔雀のように
ジェット機が水平に上空を響き終わると
三角形の虹は薄れ消えていく
孔雀よ虹よ
どこへも行かないで戻ってきて
霧の彼方の東海岸では
もう朝のニュースが始まっている

雨と台座

プランターに雨
にんげんは台座
眠るため
そして埋まるための
水平な地面を要し
ときに四脚
ほぼいびつな菱形として
燃えやすく湿った

観念の藁くずを載せて

今朝も　少年たち少女たち
ランドセルを揺らし
歓声を挙げて
校舎の屋上から垂れ下がった赤いロープを
数珠つなぎによじ登ってゆく
気をつけて　振り落とされないように
今朝はとくに風が強いから
舞いあがるロープがきみたちを
屋上よりずっと高いところにある洞窟へ
連れ戻してしまうかもしれない

ベランダの獅子
鷲？　いや、カラス

水深は地上二十メートル
宿借りや根魚《ねざかな》も棲むやみわだの
赤土色に濁ったしぶきをよぎって
内臓の星を透かし見る道士よ
夜明けには息絶えるあの航空灯の
向こうに帆をはらむ隕石はあるか

雨は種子
アスファルトに撒かれてすぐ
燃えつきる種子

遠く
霧雨におおわれて
葦の
まばらに匂う河原

旧石器人が石斧で
蛇の頭を潰している

遺伝子を断ち切れ
生命にはできないことが
言語にはできる

神経の根を張りめぐらせ
地面につらなる台座の列
いつか空から下りてくる光線の束に
引き抜かれるのを待っている
台座は棲み家
そして食べ物
食べたら排泄物を積み上げまた食べて
自分が自分に載っているから

接触面は腐りかけても
天辺はいつもしっとり濡れている

地面は裏面
光斑あらわに
ほどける地平

いつか洪水の日
台座は肩を寄せあい
緑の橋を架け
せめて宇宙からやって来るはずの
結晶化した祖先を通せ
それまでは
夜明け　夕暮れ
そんな時の隙間に

恐怖とも歓喜ともつかぬ
獣たちの叫びを聞きながら

神は記号
花も消えなん

プランターに雨
にんげんは台座

大釜淵

死という観念を
あんまり弄ぶものではない

「純粋自我という思考のエネルギー、もしくは否定性」？
「本質的にそのつど私のものという性格」？
「与えること－奪い取ることの可能性およびその中断*」？

あいにく死は

「死を耐え、死において自己を保つ生」のなかにも
「現存在の不可能性の可能性」のなかにも
ありはしない
むしろ死は
そこにある、ほら
毎朝かようプラットフォームと線路の隙間に
地響きで揺れる立体歩道橋の真下に
光っては翳る満開の桜の繁みに
そこに。
わたしたちは今日も
そしらぬ顔をして
死をまたいで通りすぎる

大釜淵《おおかまぶち》は
北緯三六度五一分二二秒、

東経一三七度四十分三三秒、
黒部川支流北又谷のふかい渓あいで
いまもひっそりと渦を巻いている
太古から
かたときも
休むことなく

二〇〇七年八月十三日正午、
大釜淵の左手前から
胸まで漬かって四歩、五歩、
つま先が水底から離れ
流心へ引き戻す流れに乗って
そのまままっすぐ釜の直径をほぼ三十メートル、
左前方にある湾曲した入り江を目前に
からだがまわれ右をして

釜の中央へ向かって押し出されたとき
思考はいっさいの手がかりを失った

――二〇〇六年の十月だった、
越後の名峰へくい込んでいる
やはりふかい渓あいに引っかかっていた、
幅二十メートル、奥行き百メートルのスノーブリッジが
目の前で一気に崩壊した
その下をくぐり抜けるかどうか、
迷ってやめたやさきのことだった
あのときは目の前で
たしかに重さも嵩もある死を見た
見ただけで充分だ
あとははやく忘れるしかなかった
すぐそこにあり

でもへだてられて
かみしめるべき
一言もなく

二周目、
中央へ押し出される流れにのまれて
いっしゅん頭が水中に没した
必死に全身でもがくうち
また水面に顔が出た
もちろん自力で浮いたわけではない
流れはあいかわらず一定で
泳ぐよりもはやく
考えるよりもはやく
つまりあらがうすべなどはなかった
そのときふいに

「もうだめかもしれない」という思いが
脳裏をかすめて過ぎていった
それからすぐに
なんともいえないもの哀しさが
胸中を水が染みこむようにひろがった

あのもの哀しさは何だったのだろう
痛切な、というようなするどさではなかったし
ましてあきらめていたわけではけっしてない
あの哀しみは
ちょうど水の温度くらいの冷たさで
さざ波に映える光ほどに明るんでいた
そして水でも光でもない、
しなやかでなまあたたかい空が
流れのそばまでにじり寄ってきて

哀しみを追いこそうとしていた
この世にまだお別れを言ってない、
そんな無念が
あの哀しみにいくぶん翳をさしていたかもしれないが
それはあとから考えたことだ

たしかにわかったことがある
死はけっして私のうちにありはしないし
私のものにもなりはしない
死はいつもそこにあって
あるとき、いやおうもなく、
私はそこへ身をゆだねなければならない
だからあの哀しみには
すこしばかりの気だるさと
すこしばかりのなつかしさが

まじり合っていたはずだ

「唯一とどまっているのは、あの軽さの感情、
それはちょうど死そのもの**」

死は思考ではないし、
思考における思考しえないものの証しでも、
思考の限界でもない
死は、哀しみという
ひとつの感情である
なにかを失う哀しみではない
はじめからそこにあった哀しみだ
そしてこの哀しみは
もう二度と私のそばから
離れることはないだろう

「あの軽さの感情」――
死は感情である。

＊　順に、ヘーゲル『精神現象学』、ハイデガー『存在と時間』、デリダ『死を与える』より。
＊＊　ブランショ『私の死の瞬間』より。

風と捕虫網

昨日もなく　明日もなく
すがすがしい夏の暑さに抱かれて
胸元にからみつく緑の剣をはらいながら
きりぎりすの求愛を追っているうち
どこからかふいに強い風がおこって
一瞬　息がとまりそうになる
苦しくて顔を挙げるとひともとの枝が
太陽に腕をのばして笑いくずれていた

凪は熄んで　身軽になって
気づいたら私は枝のたもとに坐って
自分の顔を見下ろしていた
右手には捕虫網
左手で帽子を押さえて
赤い目に　謎のかけられた顔を

あれからどのくらいになるだろう
思い出すたびに
あの顔はだんだん遠くなり
そのぶんだけ
見下ろしていた自分の背中が大きくなる
右手にはやっぱり捕虫網
枝から両足をぶらぶらさせて

けっして振り向かない
あの背中に　映っている私の影も
いまではこんなに
大きくなって

雷の落し子

北の海にも遅い春がきて、海はいちにち荒れ模様、空には新鮮な雷がいくつも鳴った。雷が去ってよく晴れた翌朝、磯の洞穴に雷の落し子がひとり残された。

雷の落し子は洞穴の奥で母がむかえに来るのを待った。洞穴のなかは暗くて昼でも陽が射さない。聞こえてくるのは潮騒の響きだけ。食べるものもない。

——ついたちふつかみっか、

ついたちふつかみっか、

ついたちふつかみっか、

雷の落し子は待ちつづける日々を声に出して数えた。ついたちふつかみっか、でもよっかからあとは数えない。いつかむいかなのか……とうか……はつか……、きのうではない今日、今日ではないあした、いつまで？　あと何日？　日にちが積もるたびに母が遠くなる。もう来ない気がする。だからまた振り出しにもどる。ついたちふつかみっか、ひと月たったら十回、ふた月で二十回くり返す。

おだやかな日がつづき、潮騒は今日もひそひそ、洞穴のなかを雷の落し子の声ばかりがよく響いた。ついたちふつかみっか、もう何度くり返したかわからない。何日待ったかわからない。声を出すたび、雷の落し子はやせ細っていく。漆のようなつやを放ってうるおっていたからだのへりも、ぼんやりとしぼんで涸れてゆく。

夏が終わるころ、やっと大きな雷が鳴った。洞穴の奥に閃光がほとばしった。母がむかえに来たのだ。でも、雷の落し子はもういない。誰もいなくなった洞穴のなかを、くり返しよく響く声だけが、あの日の訣別のように満ちていた。
――ついたちふつかみっか、
ついたちふつかみっか、
ついたちふつかみっか、
……………………………

一九九〇年夏、京都

めぐり来る炎暑、二十七度目の夏
外せなかった車輪の楔
なにが間違っていたのか、またやり直せるのか
何度くり返したってわからない
揺れるシーソーの真ん中で、中腰で耐えていた日々
たまたま羽田から伊丹への片道航空券を
一枚貰った、それだけの理由で京都へ行った
一人旅なら、満ちたりた日を選ぶべき

ましてや京都ならなおのこと
ささくれだった心には、老舗の暖簾はなじまない
というわけで、まったくありがたくもない貰い物だったけれど
それでもやぶり捨てず、使う気になったのは
やっぱり心が渇いていたからだろう

早朝の道玄坂では人間よりもカラスのほうが市民的だった
一睡もしないでモノレールに乗った
昭和島のあたり、点滴液をぶちまけたようなさざ波が立って
干上がった眼底にみしみし沁みた
朦朧として京都駅、すぐにベッドへ突っ伏したいのに
チェックインにはまだだいぶあるので
しかたなく近代美術館へ行った
写真誕生から百五十年とかで、写真史の展覧会をやっていた
ときどき首ががくっと折れてそのたびにハッとした

別室で（だったと思う）、白岡順の小回顧展もやっていた
あの悪夢のような黒いプリントが
念写された前世に見えた

翌朝、御所近くから鴨川でいきなり途方に暮れた
古拙な寺も庵も見たくない
磨きぬかれた冷たい床が、せつなく軋んでたまらない
かといって遠出するのも億劫だ
とにかく来たバスに乗ろう、終点まで行ってみよう
ところが乗ったら乗ったで不安になって
十分も行かずに降りてしまった
「熊野神社前」というところ、ひとまず境内へ入ってみた
殺風景な神社だ、鳥居と本殿しかない
木陰もないベンチもない、暑い、真夏だったから
おまけに一歩ごと、玉砂利から砂埃が湧き上がり

汗に混ざってむせかえる、気が遠くなる
ああもう坐りたい、いや横になりたい、眠りたい
泥のように、いやもう泥になって
まみれたい、こびりつきたい、灼かれたい――
（ここでしばらく記憶はとだえる）

それから、二条へ出て嵯峨野線で嵐山へ行った
こんなことなら京都まで来るにはおよばない
多摩川でも荒川でもよかったわけだ
渡月橋を渡って、桂川右岸の土手を川下へ
適当なところで土手を下りて、草むらに横たわった
ああ、これでやっと落ち着ける、ここならそう悪くない
川べりの風もけっこう涼しいし
それにじゅうぶん消耗したから、つまらないことを考えなくてすむ
けっきょく、どこへ逃げたって悩みが減るわけじゃない

だいいち逃げるったって、いまどき嵐山じゃあくいなも啼くまい
われもまた濁りし河の泥鯰《どろなまず》、
そう思ったら、心がすこし軽くなった
のかどうか、いまじゃ覚えてないけどさ

川のほうから
やや甲高いアルトの響き
起き上がってみると、河原に近く
十歳くらいの少年と、その父親が
こっちに背を向けて坐っていた
「～駅が×時×分、それから～線に乗りかえて～駅に×時×分や。
あ、急行やったら～に×時×分やで。こっちのほうがええんかな」
時刻表を読みあげる少年の声
子どもらしく聡明な、伸びのあるアルト
でも父親はそれにひとことも応えない

「そうなんか」と頷くでもなく、
「うるさいわ」と叱るでもなく、
聞いているんだかいないんだか
ただひたすら背中を丸め、おし黙ったまま
たぶん海亀のような眼をして、じっと川を見ている
それでも少年は、まだ見ぬ真珠を数えるように
駅名と時刻を飽きもせずくり返す
「〜駅×時×分、〜駅×時×分、ほんで急行が×時×分」
——なあぼく、お父さんは疲れているんだよ
　しばらくそっとしといてあげなよ
口には出さずにそう声をかけた……、と
そのときとつぜん気がついた
少年が読みあげる駅名と時刻はつまり、
「父ちゃんどないした、もうええんか？」
黙ったままの父親の応えは、

「ああすまんなあ、もうちょっとや」

どのくらい経っただろう
ふいに少年がしゃべるのをやめた
やや間があって、それからさえずるように言った、
「ほな行こか」
父親も黙って立ち上がった
二人が立ち去って、
川べりからの風がすこし強くなった
あたりは暗くなりかけていた
僕もおもむろに立ち上がり、尻の埃を払った
新幹線のチケットを取り出し、発車時刻を見た
そして小声で自分にこう言った
ほな、行こか
ああ、行こうか

ビブラート

きみの大きな二つの目は
いつも澄んでいて
なのにいつも哀しい
誰かがしゃれてこう呼んでいたっけ、
《言い知れぬ哀しみのディーヴァ》
僕ならこう呼ぼう、　おめめちゃん
聞こえるかい？　おめめちゃん

目は閉じたままでいいから
耳だけを貸して

一日の始まりの赤と
一日の終わりの赤の
違いはきみの胸を灼く炎の色
ひとつの約束が、きみとかれを
風のみ棲まう十二月の荒野へ連れ出したとき
別れぎわ、きみに手渡されたディスクへ
これからどんな歌が吹きこまれるはずだったのかは
だれにも解けない永遠の宿題

こうしていまも、かれを憶い出すために
名前を呼ぶのはやめておこう
固有名、なんていうけれど

かれが固有なのは名前のおかげじゃない
名前もからだも、この世でかりそめに預かったもの
でも生まれおちてすぐ、母親にではなく
この世界に抱きとめられ、
立ち去るときには、あとになにも残さない、
それがかれという、一度きりの強震
名もなく、一度きりの、比類のない共振

きみだけが知っている、かれのひびき

きみの声、きみの叫びに
染みこんでいるかれのビブラート
だからおめめちゃん、あの約束の日、
腕と指とを絡ませ、頬におでこを押しつけて
ああこのまま、消えてしまってかまわないと、

ささやくかれの波紋が
きみの血管を震わせたことを
たしかに証言できるのは、
きみの声に染みこんだビブラート
きみの歌からほどけるビブラート

魚沼の五月

夕べに
激しかった雷鳴の
残響——
夜半から
未明にかけて

半年ものあいだ
大陸からの寒気団に

閉ざされていた国境が
けさは、海から濾した白蠟の
ちぢれた薄衣をまとっている
中ノ岳から下《しも》津川《つごう》、そして巻機《まきはた》
まだ覚めやらぬ雪稜の襞の
やわらかく露出した撓みを
すべってゆくあお白い衣ずれが
呼びさます夕べの戦慄

里にも驟雨が下りてきて
雪どけの棚田の
うつろな水面を乱す

ひと雨きて
色の変わったシャクナゲの

真紅が背負う雪稜に
映えていた曙

遠雷に
腰を浮かせ、手さぐりで
落ちていった未明の
ブロック雪崩

遠雷と雪崩
夢のなかでそれらを
聞き分けたものはいない
だれも

秋に舞って

散りたてのあざやかな落ち葉
まるで卵の殻を踏むように
そっと　つま先に力をこめて

どこか　この世では会えなかった
なつかしいおじいさんの棲み家を
たずねに行くように

ドライアード　木の精たちよ
おいで　かくれんぼしに
出ておいで

そっと　つま先に命をかよわせ
心を舞わせて
心を這わせて

暗くなるまで見下ろしている
おじいさんの白い睫毛が　濡れて光るよ
もうじき冬が来て　棲み家の戸口がまた
雪に埋もれてしまう前に

雪に映して

空がみず色にあかるんで
シラビソの尖った葉先が　洗いたての
インクの青さで　匂う
まだほの白い雪の窪みに腰を下ろして
木末からもがき出た朝の光が
つめたい火口の燭台に
火をともすまで　待つ

風がたがやす砂礫のドーム
哀しいくらい眠たげな空の
紫紺の帯が腰からほどけて
ひと冬を凍えてすごす小石も
雪の下ですこし　身じろぎをして

もう平坦な森にいて
何がそんなになごり惜しいのか
さっき下ってきた　あの
白くまばゆい頂きを
振りかえり
また振りかえり

昼の夢から覚めてもなお
覚めてからみるながい夢が

まだ　あそこで
さんさんと雪面に
照り映えている気がして

夢の残り

藍染めの空を、ひとすじの尾を曳いてよぎるプラチナ。一日が降りてくる。夢の残りは熾火にいぶされ。「ふたたび光のもとに戻ってこれた」。浅瀬からよどみへ、よどみから早瀬へ、ゆうべの臥所は水を切ってすべり。朝日を受けて立つ、彼の両肩。その祈りの姿勢。水の「息づかいが大きく」なり、満ちてくる、みどりのざわめき。

☆

乳白の波に閉ざされて。濡れた枝と蒸れた腕、そのあいまいな輪郭。霧にまじってただよう思念。「意識はさめざめとして」、苔の匂いのする髪。彼は歩む、「黒い雲が行き場を探すように」。足元で草がたわみ、時間がけぶる。「背後でパタンと本が閉じ」、振り向いた眼をのぞきこむ、まひるのレンズ。

☆

ふらついていた煙がまっすぐになり、やがて闇にまぎれる。「火を中心に影が伸び」、竈のへりをまるくふちどって。沈黙の旋律。暗がりと真空のあいだに張られた、一本の弦。炎を見つめる彼の「心の奥にある小さな玉」。炎がゆらめくたび、とぎれとぎれの追憶と予感が、入れかわり、まじりあい、ふいに消える。「見えない手がそっと背中から」麻酔をかけ、力と熱をときほどく。

☆

そして彼は、いまどこを歩いているのか。ここではこうしてビルの隙間から重く垂れ下がっているあの空を、彼はいまどこから見上げているのか。峰から渓へ、渓から峰へ、洞穴には子熊をなめる母熊、谷底には雪の布団で眠る岩魚、「高度を目測する」雪稜の向こう、氷瀑の上では、生まれたての人、薄れていく人、なじみぶかい人、まだ見ぬ人が、一人、また一人と、横向きに通りすぎてゆく。わたしたちもそのなかの一人だ、どこにいようと。横向きに、あらわれては消える、薄日のなかの残像だ。彼でもあり、またわたしたちでもある、太古の人、来るべき人、「空気の塊が飛んでいく」ように、「白い光に包まれて」通りすぎてゆく、あの人たちのなかの一人だ。

＊「」内は服部文祥『サバイバル登山家』から引いた。

夜の嘴

蛾は
火遊びとアルコールに目がないらしく
ようやく雷鳴の去った夜の森で
気遠い沢音と石を枕に
榾火《ほだび》へ薪をつぎ足しながら
ゆらめく炎に見入っているようなとき

なにげなく口にした

マグカップからウィスキーのかわりに
汗ばみ埃くさい綿のざらつきが
両くちびるのすき間をふさぐ

驚いたのは蛾かくちびるか、ともかく
くちびるは夜に向かって
嘴のかたちにすぼまり尖って

あわててそこから蛾をつまみ出し、わきに放す
なかには翅に毒のあるのもいるらしく
蛾の種類にはうといから
マグカップの中味は捨てて
すすいでまた注ぎなおす
もっとも、
もったいなければ飲んじゃうけどね

濡れそぼって石の上に
貼りついていた貴夫人は
榾火の熱で乾かされ
そろそろ宿酔から醒めたらしい

夜の嘴――
その恍惚をまだ
覚えているのかいないのか
（アルコールはもうたくさんだわ）
よろよろと
重たい翅を揺らしながら
雨上がりの森へ還ってゆく

うぶ毛のある鳥肌

うっすらと
うぶ毛の生えた鳥肌
うなじだったのか
かいなだったのか
ふいに　目の前を
さわれるくらい
くっきりとよぎって
褐色だけを残す

うぶ毛のある鳥肌

朝の光を受けて
かがやこうとしたのか
けだるい夏の闇に
沈もうとしたのか

どこへ行こう
夕暮れの雑踏にいて
信号を待ちながら
もうヘッドライトをつけた車体の群れが
等間隔ですべっていくのを眺めるうちに
頭のなかが　数十匹の
虻の羽音でみたされて
羽音はますます高くなり

からだじゅう鳥肌が立って
もう行く先がわからない

どこへ行こう　それとも
引き返したらいいのか
あのとき
うぶ毛のある鳥肌が
かたわらで　しずかに
息づいていた
枕もとの暗がりへ

十月の陽ざしに
くまなく照らし出された
峡谷の底で
あいた口を清流ですすぎながら

おとなしく四肢をそろえて
横たわっていた
カモシカの子よ
ぼくはおまえのきらめく毛並に
さわることができなかった

うぶ毛のある鳥肌
いつまでも生まれたての
はてしなさ
まるで　空から見下ろす
黄金色の葦原
マングローブの入り江

汗ばんだ肌は
ほんのひと吹きの風にさえ

あわ立つうぶ毛をそよがせるのに
心はいつもかたくなで
あの発生の瞬間
胚種をつらぬいた一本の弦が
成長してもなお
弾きたての波紋を肌へ
響かせようとするわけを
知ろうとしない

うぶ毛のある鳥肌の
もどかしさと
いとおしさ
いましもふれようと近づく口が
震えながらこわばった吐息をもらし
鳥肌はいっせいにうぶ毛を逆立て

もしも肌が裂けるなら
どこまでふかく
潜っていけるだろう
稲妻が　にごった雲を
つらぬくように
声にならない
悲鳴をたどって

不眠

二段ベッドは重ねた柩
低いほうは地に潜り
高いほうは宙に浮き
あいだに軋む水の音
これはただしい比喩？
それともまちがった比喩？
六月の夕暮れというのに僕は
上段ベッドに浮いたまま

胸のうえで両手を組んで
背筋をのばして目を閉じていると
このまま眠ってしまうのがこわくって

冷たい手が置かれる
熱い頬のうえに
叫ぼうとして
声が出ない
ただ吐く息が
天井と口のあいだで膨らんで
膨らんで
鼻と口をふさぐから
息がくるしくて動けない

きょう僕が授業中

ノートに夢の続きを描いていたら
隣の女子に見られてしまって
ハッとして目が合ったそのときの
怯えた顔が忘れられない
だから明日にはもう
僕はここにはいない
きっと今夜のうちに死ぬだろう
死ぬときにはせめて
頭の芯がじーんと痺れて
そのまますべてを忘れるくらい
新鮮な瓶づめオキシドールを
胸いっぱい吸いこみたい

それから僕はあの森へ行く
森でしか会えない姉がいる

木立のとだえた日だまりで二人
蝶にたずねて野花を数える
シロツメクサ、ツユクサ
シシウドを這うカイツムリ
ところで姉はいつもこんなに白いワンピースで
夜のあいだはどこでなにしているんだろう
草むらに並んで寝ころびながら
いつも聞けずに横顔をのぞき見てしまう
「眠れないの？　目の下が蒼いよ」
「さむいな、ちょっとどっかへ行ってたみたい」

まぶたを開けたらまっくらだった
ベッドから降りて
キッチンへ水を飲みにいく
窓をあけると雨の匂い

暗闇のなか音もたてずに
水のとばりがじっとりとけぶって
重たい空気が押しよせる
これでやっと眠れるとおもう
ここは三階建十八世帯の棲む官舎
いまも柩のなかで水につつまれている
僕より年下の子どもがいて

きっと明日は
南岸の海のほうから晴れてくる
濡れた坂を
見知らぬ父さんが上ってくる

献辞

約束の日が
まちがっていたのでしょうか
それとも
あのときあなたは
もう――

暗くなるまで待っていました
やがて重たい鉄門が左右から閉じられ

門の向こうからわたしの名が
呼ばれることはもうないと知りました
それでも暮れていく煉瓦の壁の奥
二階突き当たりの小部屋にはたしかにあなたがいて
明かりもつけず一人で窓辺にたたずみ
向かいの壁との隙間に落ちた紫の瓶のかけらを
黙ってじっと見下ろしていると
想像することが
あまくて　くるしくて
しばらく鉄門の前から動けなかったのです

あなたをちかくに感じ、あなたに語りかけることが
これまでわたしをみちびいてきたのだと
いまになってわかります
たいせつな文を指でなぞって、胸の内でくり返すたび

背すじにあなたの息がふれるのです

だれかに呼ばれているようなとき
でも呼ばれているのはわたしじゃないと気づいて
ああ、やっぱりとまた目を伏せるとき
あなたはいまもここにいます
顔のないひと
見知らぬ父のようなひと

わたしは千沙

わたしは千沙《チサ》、九歳です
きのう前髪を切りそろえてもらいました
ここはいつも薄暗いから気に入っています
明るいところは嫌です、
まぶしくて目がつぶれそう
わたしは人形ですから、齢《とし》をとりません
胸に巻かれたこの包帯も、解かれることはありません
わたしは火事で死んだ娘の代わりに

彫刻家だった父から九歳で生まれました
父は隣りの館で眠っています
わたしは、ここへやって来る世界じゅうの人びとが
なにも映し出さないこの瞳をのぞきこむたび
もう二度と、とり返しのつかない過ちに打ちひしがれて
うす汚れたその顔を両手で覆ってほしいのです
ちょうど死ぬまで父がそうしたように
それでこそ、けっして閉じないわたしのこの瞳は
静謐な湖の底ふかく沈んだひとかけらの翡翠が
湖ぜんたいの碧《あお》を集めて、つめたい炎を宿すように
人びとの過ちを飲んで輝きつづけるでしょう
ずいぶん辛辣な口ぶり、ですって?
でもあなたにわかりますか、
二百年も生きてきた者の気持ちが
ごらんのとおり体は九歳のままですが、

誰かに見られつづけているかぎり
心は人なみに成長するものです
いいえ、成長ばかりじゃありませんね
いつのころからか忘れたけれど
心も成長しきったあとは退化するのです
なまぐさい西風に紅蓮の炎を煽られ
濁った雨に火の粉を散らしたこの心も
いまでは夜明けの暖炉さながら蒼ざめて
どんな刺激にもざわめかないのです
わずかにくすぶる心の熾床さえ燃えつきるとき
底なしの碧に澄んでいたこの瞳も
真冬の毛皮のように色あせるのでしょうか
そのときには、わたしが飲みこんできた人びとの過ちは
この瞳から逆流して、世界じゅうへあふれ出すのでしょうか
そうなることをわたしが望んでいる、とでも？

怨恨？　憎悪？　あなたがた人間が大好きな言葉ですね
わたしが怨んだり憎んだりするまでもないでしょう
わたしの心はただ、あなたがた人間の過ちと
過ちなしには生きられない卑しい心を
受けとめるだけの空き地です
人びとがわたしに託す感情の強さだけが、
わたしのこの瞳を輝かせるのですから
じゃあ愛されたいのか、ですって？
どうでしょう、それもあまり気がすすみませんね
これまでわたしを見る誰もが
愛すると称する誰かに許しを乞いながら
ほんとうは何を愛して何を許されたかったのか、
わたしはさんざん受けとめてきましたから
それに、あなたがた死すべき人間に愛されることが
死なないわたしの何を変えるのでしょう

まだお気づきではないかしら
わたしは千沙、九歳、
またの名は「歴史」です

廃墟の向こう

砲弾の黒い穴
吹き飛ばされたレリーフ
焼け落ちた鉄条網が
地を這う蔓草にも似た

ありふれた廃墟に
鳥の歌はこだませず
空は一日じゅう高い

廃墟の向こうに何があるのか
まだ誰も知らない
足あとは瓦礫でとだえ
埃にまみれて消えかかる

まだ誰も知らないから
廃墟の向こうはやっぱり廃墟
ある日かくれんぼ遊びの少年が
夢中で鬼から逃げてきて
やっと振り向いたら一人きり

そこにはウッドデッキのテラスがあり
テーブルには白いクロス、伏せたコップ
重ねた皿に並んだ食器

始まるはずだった一家の団欒
時代が家を空けたまま
家族はもうどこにもいないのに
少年が一人
テーブルに頬杖をついて考える
いつか、ちょうど僕くらいの齢《とし》の子が
ここから何を見上げて泣いたのか、と

生きる秘密

生きるために
必要なものはぜんぶ
もって生まれてきた――
そうじゃなかったっけ

だとしたら闇なんてものはなく
どこまで行ってもただ
この明るい魂が点っている

ただそれだけ

だからもう
これ以上なにもいらない
外灯も白線も　怖れも不安も
死もいらない

もし死に秘密があるとしたら
すべての生が知っていて
しかもけっして口には出さない秘密を
死だけが知らない、ということ

生きるために
必要なものはぜんぶ
もって生まれてきた——

そのことを

なぜ忘れてしまうのか
忘れるってどういうことか
忘れたからって
失くしたわけじゃないのに

どうして僕らは
壊れやすいものしか
愛せないのか

⁂

土手の上に、横に並んだ人びとが一列になって、日没を見ている。日没の向こうに何が見えるのか。しずかだ。人びとの背中は逆光になっていちように暗いから、私には一人一人の性別や服装など見分けられない。なぜかれらは帰らないのか。なぜ黙っているのか。むしろ、誰一人帰ろうとしないからただみんなそこにいる、というふうに並んでいる。あとすこしで日が消える。地平線の赤い帯がほどけて、すぐに暗闇が下りてくる。一人一人の輪郭があいまいになって、人びとの背中は左右に拡がったコンテナ状の黒い塊になってしまう。あのなかに、私のいちばん大切な人がいる。その人を連れて帰らなきゃならない。でも背中では見分けがつかない。大声で名前を叫ぼうか。でも、私が声を挙げたら人びとがいっせいに倒れてしまうような気がして、喉元がこわばり動かない。しずかだ。

＊＊＊

たいせつなのは
あの人のなで肩の背中

両の拳をしっかりにぎりしめて
やじろべえのように揺れる後ろ姿

行く先は知らない
帰る場所も決まってない
一月の曇ったある日
灰に変わる虹の後味に曳かれるまま
東へ、行けるところまで東へ
流されていったことがある

強い風が吹いていた
冬の海にはだれもいなかった
見張り台は片づけられ
あずま屋もからっぽだったから
ぼくらは暗号でしゃべらなくてもよかった

どれだけ遠くを見てもその向こうに
あの曇った冬の海がある
雨雲と波のはざまに
あの人のほそいなで肩が揺れて
それから水平線がすこし傾く

あれからどこへ帰ったっけ
もう思い出せないよ
こんな海の底みたいな狭い暗がりには
朝はこないかもしれない
朝はこなくてもいい
——そこまでは覚えてるんだけど
今しかなかったから、いつも

いつも強い風が吹いていた
いつも強い風が吹いていた気がする

たいせつなのは
あの人のなで肩の背中
猫が前肢を踏んばって
うーんと伸びをしたような
うすくひらたい肩となじ

＊＊＊

私はブルース・シンガーだけれど、今日のライブが盛況なのは私のせいではない。テキサス出身の凄腕白人ギタリストと組んでいるせいだ。今日が初めてのセッションだというのに私たちの息はよく合っていた。長年の相棒とやっているような気やすさで、私は《ブルーバード・ブルース》や《ロング・ディスタンス・コール》を歌った。八曲目だったろうか、《ヘルハウンド・オン・マイ・トレイル》の間奏でギターの弦が切れた。曲が終わって、ギタリストが弦を張り替えるのを待っていたら、彼はいきなり《ブギー・チレン》のイントロを弾きはじめた。私はあわててブルース・ハープで追いかけた。ところが、私が歌い出すより前にギタリストはふいに弾くのをやめてしまい、そのまま楽屋に引っこんでしまった。満員の客に「ちょっと休憩」と告げて、私は彼の後を追った。

楽屋にはだれもいなかった。ステージと反対側のドアから楽屋を出ると、狭い廊下の向かいにガラス張りのスタンド・バーがあった。ギタリストはそこで飲んでいた。

彼の横に並んでウィスキーをたのんだ。ぽつりぽつりと話しかけたが返事がない。私の片言英語のせいばかりではないらしい。ギタリストの耳はほとんど聞こえなくなっているという噂は、どうやらほんとうだった。彼がアコースティック・ギターを抱えこむようにして弾くのは、顎をギターのボディに押しつけて、木板の振動から音の高さを感じとるためらしい。

一時間くらい、そうやって並んで飲んでいた。緑色の雪に包まれているような、ひんやりとしずかな時間だった。三杯目を飲み干したところで私は、「なあ、もう二、三曲やらないか」と呟いた。ずっと手もとを見ていたギタリストが、初めてこちらを向いた。その目から曇りのない肯定が伝わった。と同時に、七十歳になったとは思えない不敵な閃きが瞳をよぎった。

ふたたびステージに戻ると、さっきまで百人以上の聴衆で埋まっていたフロアは閑散としていた。残ったのは十四、五人といったところか。ひと目でまずがっかりした。どんな顔をしてよいのかわからず、横を見た。ギタリストは何を気にするふうもなく、いとおしそうに笑みをうかべてギターを抱えていた。そのとき私の胸に鈍い痛みが走った。帰っていった客を惜しむもんじゃない。まだこれだけの人たちがこうして待っていてくれたんだから。「じゃあ《ダスト・マイ・ブルーム》やるよ」、そう告げると、じっと腕組みをしてこちらをにらんでいた正面の男が、大きくうなずいた。

⁂

時が熟した、と言い
機が熟した、とも言う
でもじっさいそうと知られるのは
いつだって事が終わったあと

熟した果実はいきなり落ちる
いつだってぼくらは
目の前で取りそこねるか
気づいたら背後で潰れている

なぜあの時だったのかと

果実に聞いたって応えはない
ただ降りかかってくる必然に
まるごともぎとられただけ

熟した時が
必然をもたらすというのなら
そのとき必然はそのまま偶然か
偶然が必然を破砕する

必然にちょっぴりの偶然を混ぜて
確率で時を均そうとする人たちは
これまで一度だって
熟した時を生きてはこなかった
沈んだ人よ、水平線の彼方は

あなたが還ってゆく場所じゃない
いつも向こうからやって来るものを待っていた
やがて待っていることも忘れていた

だからいまごろ来たって遅いのさ
もういくつももいで食べてしまったよ
果実はしぜんに落ちるということを
忘れるほど熟した時のなかで

時のなかで
真実は役に立たない
ただ反復するだけだ

あの耳鳴りは
破滅への衝動だったのか

それとも試されていたのか
生き直すということを

＊＊＊

「沈みましたね。ようこそ、わたしの王国へ」

「ああ、ここはあなたの王国なんですか」

「いいえ、あなたと言える人はみなわたしです。ですからあなたの王国はわたしの王国なのです」

「……。ずいぶん荒涼とした所だな。木が一本も生えてない」

「木を植えるなり、草を生やすなり、どうぞご随意に。ここはわたしの王国なのですから」

「わたしの王国って、だからあなたの王国なんでしょ。あなたの許可もなく勝手に木を植えていいんですか」

「ですからどうぞご随意に」

「……。じゃあこうしましょう、領土を決めましょうよ。ここからあそこまではわたしの王国、あそこから先はあなたの王国、と」

「それでは誰彼さんの王国になってしまいます。ここは誰にとってもわたしの王国なのです」

「じゃああなたが木を植えてくださいよ。あなたのほうが先にいたんだから。それでこそわたしの王国だ」

「わかりました、植えましょう。ほかに何か」

「いえ、べつに。植えたらここへはあまり来ないでくれますか」

「わかりました。ほかには」

「……。ここは天国ですか」

「天国？　そんなありもしない国じゃありませんよ」

「いまはいつですか。あの、わたし、……死んだんですか」

「ここはわたしから生じ、わたしを含み、わたしを超えて拡がります。ここでは生きるのも死ぬのもわたし次第なのです。臣民はいません。わたしの王国です」

＊＊＊

山の端から残照が消えて、渓谷の底に霧が下りてきた。もう竿を仕舞って戻るころだ。小一時間ほど釣り上がってきた。釣りはじめにはもう暮れかけていたから、淵はどこも薄暗く、魚影が動く気配はなかった。おまけに霧にまで閉ざされてしまっては、もう毛鉤《けばり》を飛ばしても釣り糸はあやめも分かたず、鉤がどこへ落ちたのかすらわからない。これで最後にするつもりで竿を振った。糸が霧に吸い込まれた。惰性で竿を引くと、意外にも手ごたえがあった。霧のとばりの向こうから、褐色の生き物が中空に身をくねらせて現れた。尺（三十センチ）はある岩魚だ。

あきらめていただけに感激もひとしおだった。両手で掴んでもまだ余る立派な魚体をしげしげと見つめた。岩魚はサケ科の渓流魚である。成魚は唇もぶ厚く、口の端をへの字に曲げて、ふてぶてしくも精悍な面構えをしている。「なんだよ、あんまり見るんじゃねえよ。ボウズじゃ不慣だから釣られてやったんだよ」。そうかい、そうかい。魚籠《びく》にたっぷりと水を張ってそいつを中へ落とした。

暗くなる前に戻ろう。下の河原で友が待っている。尺物に驚く顔が目に浮かぶ。足どりは軽く、頬は紅潮する。そのうち魚籠の中で岩魚があばれ出した。足を止めて中をのぞき込むと、心なしか魚体が小さくなったような気がする。そんなはずはない、とにかく先を急ごう。

また下っていくと、今度は魚籠の中から「きゅーん、きゅーん」と臼歯のきしるような音がする。またのぞき込むと、岩魚はあきらかに小さくなっていた。手を差し入れて摑み出すと、半分くらいに縮んでしまっていた。への字に曲がっていた口の端も、おちょぼにすぼまっている。

「ど、どうなってるんだ」

「くるしい。くるしいんだよ」

たしかにそう言った。私にははっきり聞こえた。そうか、酸素が足りなくて苦しいんだな。私はあわてて魚籠を流れに浸し、水を入れかえた。

「くるしいよ。ぼく、死んでもいい?」

「死ぬって……。だっておまえ、死んだらすぐに傷むじゃないか。もうちょっとがまんしてくれよ。なあ、骨まで唐揚げにして食ってやるから」

それからはもう走りはじめた。上流から霧が追いかけるように下りてきた。すっかり暗くなった河原から、焚火の煙が立ち昇るのが見えてきた。あとちょっとだ。あそこでこいつを捌くんだ。もう一度魚籠の中を見た。十センチほどの、稚魚の大きさになった岩魚が、ぴちゃりと尾びれをはたいた。

「ああ、くるしい。くるしいよ。ねえ、ぼくもう死んでもいい？」

＊＊＊

今年は羽化して出ていった
この世界のどこかに

世界じゅうのあちこちに
いつまでたっても成長しない赤ん坊がいる
揚羽の顔をした乳母に抱かれて

うとましい
重たそうに膨らんだ
乳母の胸に透く青筋と
乳の谷間をつたう汗

浅間好日

一年が過ぎ
十年が過ぎて　いつしか
あの日の悲しみは遠くなり
移ろってゆく夕空の色に
悲しみのありかを訊ねても
もう闇がせまって

霧が集まり

巖を濡らすところ
大人びた樹冠が
雹や霜に耐えるところ
粉雪をかき分け　踏みしめ　無心に
こころの勾配を駈け上がって
雲上の　晴れやかな
天地の防波堤にいたる
崖下には
逆巻く風が憩う台地
そして正面には
重力が時をへて均したスロープ

悲しみを
肯定も否定もしない山に向かって
どうして忘れてしまうのか

そう問いかけるうち
十年が過ぎ
千年が過ぎて

水の一年

しゅんせつ
からくさ
ほうきのさきの
つゆ

しゅんせつ
からくさ
ほうきのさきの

つゆ

筋書きどおりの仮面舞踏会
きのうの楽園
あれからどこまで行ったやら
目覚めれば　粉雪にリスの足跡
ひかげ色の空　舞う雪に透けて
きびきびとした寒さ　ざあっとふぶくと
湯気のように霧氷がながれ
甘酸っぱい宴の残り香は
顔から剝がれて凍りつき
雪にまぎれて灰になる
浴衣のピエロが
昼寝の床からはい出して
夢の途中の足どりで

ひとり河原に下りていき
川底の砂利を浚って
ぬくい泉を探りあてる
首まで泉に浸かり
ピエロはまた夢の続き
岸のむこうから　鹿を追う笛の響きに
驚いた枝が　真上から
どさりと重い根雪を下ろす
跳びおきたピエロ
続けてくしゃみを二つ、三つ

しゅんせつ
からくさ
ほうきのさきの
つゆ

倒木に坐って　二人で
桃色から赤へ熟れる雲の動きを見ている
水に灼きつく夏の鎖
狂暴な黄緑の性質に
なめされ　しなやかにされて
イタドリのうえに突っ伏した
わらを鞭打つ　うるし塗りの手が
箒のさきから　するすると下りてきて
二人を井戸からすくい上げた
雪の橋脚が尖ってきらめいていたね
（七階建てくらいはあった）
苔に口づけて水をふくんだ
（薄荷の匂いがしたよ）
ピックで削った唐草の斜面は

あれからくずれたままだろうか
(だいじょうぶさ、
ひと月もすればまた草が根を張るから)
薪に火がつき　煙は空にうすれ
残照のとぎれるあたりで蒼ざめる
今日はこれでおしまい
明日はどこまで行こう、　友よ

……………………………………………

冬から夏へ
夏から冬へ
かつてなつかしいときも
いずれ烈しいときも
朝日はかわらず瞼を撫で

氷雨はぼつぼつフードを叩く
心の波紋を
ひとつの円から多くの円へ
絶えることなくつたえるためには
心の水位は高すぎず低すぎず
底にたまった泥は　積もっては浚渫し
でもときには　水ごとすべて汲み出して
干からびた黒い地層に
唐草模様の空を映す
稜線の向こうで　弱まっていく稲妻
遠くに　消えかかる微笑み
かたわらで寝息をたてるひとの
その寝息の間隔で
心の波紋を測りながら
夜が白んでくるのを待つ

雷は去った
濡れた傘をたたもう
首すじにひやっと
驚いて見上げる目に
朝の光を透かして　満ちてくる
木末にまばゆい
無数のしずく

しゅんせつ
からくさ
ほうきのさきの
つゆ

しゅんせつ
からくさ

ほうきのさきの
つゆ

初出一覧

約束	「文藝春秋」2010年9月号
不帰行	「ロレアル賞連続ワークショップ　青のフェスタ…生死のあわい…」リーフレット（2000年12月15日、東京デザインセンター）
無人の星	「洪水」第2号（2008年7月15日）
霧の中の夜営	「朝日新聞」2009年10月31日夕刊
雨と台座	「歴程」第569号（2010年5月31日、「にんげんは台座」を改題）
大釜淵	「櫻尺」第31号（2007年11月18日）
風と捕虫網	「朝日新聞」2007年1月19日夕刊
雷の落し子	「歴程」第545号（2007年11月30日）
一九九〇年夏、京都	「現代詩手帖」2009年2月号（「一九九〇年京都」を改題）
ビブラート	「読売新聞」2007年12月11日夕刊
魚沼の五月	「洪水」第2号（2008年7月15日）
秋に舞って	「ヤマケイ JOY」2006年秋号
雪に映して	「ヤマケイ JOY」2006年冬号
夢の残り	「サバイバル登山家 PHOTOS」（2006年7月1日）
夜の嘴	「歴程」第537号（2007年2月1日）
うぶ毛のある鳥肌	「歴程」第538号（2007年3月31日）
不眠	「現代詩図鑑」第7巻第2号（2009年5月25日）
献辞	「文學界」2007年5月号
わたしは千沙	「カナリス」第3号（2011年5月1日）
廃墟の向こう	Web「詩客 SHIKAKU」作品2011年11月18日号
生きる秘密	本書
浅間好日	「山と溪谷」2007年12月号
水の一年	「詩歌句」第8号（2005年12月25日）

＊いずれの詩篇にも改稿をほどこした。

生《い》きる秘密《ひみつ》

著者　浜田優《はまだまさる》

発行者　小田久郎

発行所　株式会社思潮社

〒一六二—〇八四二　東京都新宿区市谷砂土原町三—十五

電話〇三（三二六七）八一五三（営業）・八一四一（編集）

FAX〇三（三二六七）八一四二

印刷・製本　創栄図書印刷株式会社

発行日　二〇一二年十月二十五日